Karındeşen Jack
Erika Sanders

1

özet

Tamara bundan sonra ne olduğunu bilmiyordu ve asla bilemeyecekti.

Tek hatırlayacağı, ışıkta ani, kör edici gümüş parıltısı, boğazında bir yanma hissi ve başının saçları tarafından yukarı kaldırılışıydı.

Ve aniden nefes almak imkansız hale geldi.

Mücadele etti, tutuşunu gevşetmeye çalıştı ama kollarının kurşun ağırlıklar gibi hissettiğini ve odağının bulanıklaştığını fark etti...

Yazar hakkında not:

Erika Sanders, yirmiden fazla dile çevrilmiş, en erotik yazılarına her zamanki düzyazısından uzak, kızlık soyadıyla imza atan, uluslararası üne sahip bir yazardır.

dizin:

özet

   Yazar hakkında not:

   dizin:

   KARINDEŞEN JACK ERIKA SANDERS

   BÖLÜM I

   BÖLÜM II

   BÖLÜM III

   BÖLÜM IV

   BÖLÜM V

   BÖLÜM VI

   BÖLÜM VII

   BÖLÜM VIII

   BÖLÜM IX

   BÖLÜM X

   BÖLÜM XI

   BÖLÜM XII

   BÖLÜM XII

   SON

KARINDEŞEN JACK
ERIKA SANDERS

BÖLÜM I

Tamara adamın altında sessizce yatıyordu, adamın çarpık ve çirkin yüzünün görüntüsüne karşı gözlerini kapadı ama bacaklarını olabildiğince geniş açtı. Şikayet edemedi; Ne de olsa temizdi ve yakın zamanda banyo yapmıştı, bu yüzden sorun kokusu değildi. Onun bağırsaklarıydı. Şişman bir adamı yatağa atmaya asla karar vermemeliydi ama 400 dolar pes etmek için çok fazlaydı. 400 dolar, eyersiz. Bağırsakları karnına bastırdı ve tam, derin bir nefes almayı neredeyse imkansız buluyordu. Bunun yanı sıra, kasları klitorisini çiğniyordu ve acı verici hale geliyordu.

Sonunda hızlandı, sanki hayatı buna bağlıymış gibi onu dövdü ve cumming olana kadar zaten ağrıyan deliğini dövdü. Her boşalmada yukarı doğru fırladı, sudan sıçrayan bir balina ve sonra dört ıslak fışkırtmayı düşünmesini sağladı, ikisi de nefes nefese kaldı.

Yüzünü silip ona baktı. "İyiydin."

"Ah, teşekkürler." Oturup onun kabaran ortasını okşadı. "Banyonuzu kullanmamın bir sakıncası var mı?"

"Hiç de değil. Sadece acele et. Karım her an gelebilir."

Tamara ayağa kalktı ve sulu sperminin dışarı kaymasını engellemek için bacaklarını sıkıca birbirine bastırdı. Tuvalete oturuncaya ve bunu ifade etmek için kaslarını kullanana kadar çoğunu içeride tutmayı başardı. Pisliği temizlemek için birkaç tomar tuvalet kağıdı kullandı, bacaklarının içini sildi ve jartiyer ve çoraplarının üstündeki dantelleri kurutmaya çalıştı. Fena değil, diye düşündü. Tuvaletin sifonunu çekti ve odasında duş olup olmadığını merak ederek otel odasına geri döndü. Eve giderken biraz almam gerekebilir.

"Yarın Essex'te olacak mısın?"

"Bilmiyorum. Olabilir." Tamara elini uzattı ve avucuna dört yüz dolarlık banknot koyduğunda ona en tatlı gülümsemesini verdi. "Başka bir tarih ister misin?"

"Evet. Bunu lastiksiz yapan çok fazla fahişe bulma."

fahişe. Bu kelimeden nefret ediyordu ama ne olduğunu tarif ediyordu. İçini çekti ve sahte gülümsemesini tekrar yüzüne yapıştırdı. "Pekala, hazır olduğunda gel beni bul."

Arkasından kapanan kapının yumuşak sesi rahatlatıcıydı ve Tamara mümkün olduğu kadar hızlı asansöre yürüdü. Ona kötü bir bakış atan yaşlı bir çiftin yanından geçti ve oyuncak bebek çoraplarını ve pembe jartiyerleri kapatmayacağını bilerek, pilili eteğinin yüksek kenarını bilinçsizce çekiştirdi. Asansör geldi ve onu sefaletinden kurtardı ve birkaç dakika içinde New York şehrinin temiz havasını soluyarak tekrar sokağa çıktı.

Tamara, yaklaşık dört yıldır NYC'de yaşıyordu ve neredeyse aynı süre boyunca fahişelik yapıyordu. Bir otobüs terminalinde kaçarken tesadüfen karşılaştığı bir karşılaşma, onu Torrance'a bağlamıştı. Her zaman taze et arayışındaydı ve on altı yaşındaki vücudu onun faturasına mükemmel bir şekilde uyuyordu. Başka bir kız, Julieta, ona oyunun nasıl oynanacağını öğretmişti ve kısa sürede Tamara, çoğu Torrance tarafından talep edilen para kazanıyordu. Kızgın bir uyuşturucu satıcısı tarafından vurulduğunda, daha iyi bir ahır tutan başka bir pezevenk olan Sellers'a döndü. Onunla daha iyi para kazandı ama tüm kızlarının müşterilerini eyersiz sürmesini istedi. İlk başta karşı çıktı, bedava ağızdan verdi ve yandan prezervatif kullandı ama donlardan biri şikayet etti ve şiddetli bir dövülmesi onu tekrar geçme konusundaki fikrini değiştirdi.

Essex'e yöneldi ve ara sokaktan Sellers'ın dairesine geri dönmeye karar verdi. Ayakları onu öldürüyordu ve Julieta'nın sormadan eski siyah sik-me pompalarını almasına kızmıştı. Amcık! Kapısına daha iyi bir kilit takmalıydı. Satıcılar muhtemelen onun için hallederdi.

Bir gölge kendini bir kapı aralığından ayırdı ve adımın ortasında dondu.

"İyi geceler." Sesi alçaktı ve David Bowie gibi İngiliz aksanıyla kültürlüydü. "Bu gece boş musun?"

"Özgür değilim ama satın alınabilirim."

Işığa geldi ve o gülümsedi, üst katta kim varsa onun uzun, huysuz ve yakışıklı olduğu için teşekkür etti.

"Ne kadar?"

"Ne istediğine bağlı."

"Sikimi emmeni ve meni yutmanı istiyorum."

"Kauçuk yok mu?"

"Kauçuk yok. Maliyeti nedir?"

"300 dolar." Onu takip etmesi için işaret etti ve ikisi de onun çıktığı aynı loş ışıklı girintiye geri döndüler. Hemen pantolonunun fermuarını açmaya başladı. "Önce para, profesör."

Parayı çatallayıp, kadın parayı kontrol edip cüzdanına koyduğunda, o kirli zeminde diz çökerek onun pantolonunu açmasını bekledi. Onun horoz kalın ve sert dışarı fırladı ve ona ulaştığında bir takdir sesi çıkardı.

"Güzel sik. Sikişmek istemediğine emin misin?"

"Evet eminim."

Tamara bundan sonra ne olduğunu bilmiyordu ve asla bilemeyecekti. Tek hatırlayacağı, ışıkta ani, kör edici gümüş parıltısı, boğazında bir yanma hissi ve başının saçları tarafından yukarı kaldırılışıydı. Penisi gözden kayboldu ve aniden nefes almak imkansız hale geldi. Mücadele etti, tutuşunu gevşetmeye çalıştı ama kollarının kurşun ağırlıklar gibi hissettiğini ve odağının bulanıklaştığını fark etti.

Sadece gülümsedi ve saçını kullanarak, horozu boynunda yaptığı geniş kesiği fırçalayana kadar başını kaldırdı. Sıcak, fışkıran kanı çubuğunu kaplayarak girişi kaygan ve kadifemsi hale getirdi. Mükemmel. Tek kelimeyle mükemmel. Tekrar tekrar itti, kadın guruldayıp boğuşurken vücudu titriyordu ve kadın son nefesini verirken yükünü ateşledi.

Mükemmel. Onu olduğu gibi bir kenara fırlattı ve pantolonunun fermuarını çekti, viskoz kanının kasık saçlarından süzülerek testislerinde kurumasının tadını çıkardı. Tek kelimeyle mükemmel.

BÖLÜM II

Baş Dedektif Clarice Burton işaretsiz arabasını sarı polis bandının kenarına park etti ve kalkanını çıkarıp ceketinin cebine soktu. Kayıt memuru onun resmi durumunu not etti ve geçmesine izin verdi, o yaklaşırken çoğu başka tarafa bakan koyu renk takım elbiseli adamlara doğru giderken yuvarlak kıçının seğirdiğini izledi. 2004 yılıydı ve New York şehrinin en iyi dedektiflerinin sıkı sıkıya bağlı dünyası kadınları hâlâ dışlıyordu. İlçedeki en yüksek çözme oranına sahip olmasına rağmen, aşağı bir varlık olarak kabul edildi.

Yine de Clarice Burton, küçük yaraklı birkaç adamın onu itip kakmasına izin verecek tacizci bir kocanın ellerinde ölümün eşiğine gelmemişti. Ortağı Tony Acosta, ellerini ceplerine sokarak ve üzgün görünerek ona saygılı bir şekilde başını salladı.

"Selam beyler." Mario Andreotti ve John Stevens, çemberlerden geçip çarşafla kaplı gövdeye doğru ilerlerken onu izleyerek selamlar mırıldandılar. Örtüyü geri çekti ve genç kadını inceledi, boynundaki derin dilimi ve cansız vücudunu çevreleyen kan miktarını fark etti. "Peki burada ne var?"

Adamlar birbirlerine baktılar ve Acosta onun yanında diz çökerek defterini çıkararak çemberden ayrıldı. "Adı Tamara Williams, 20 yaşında. Jamie Sellers sitesinden çıkan bir fahişe. Orada duran çöpçü Patrick Miller tarafından bulundu."

"Tanık var mı?"

"Kimse."

"Bir şey mi kaçırıyor?"

"Belirleyemeyeceğimiz bir şey değil. Çantası şurada. Nakit olarak 700 dolar, tırnak törpüsü, telefon kartı ve bir şişe şeffaf oje vardı."

"Prezervatif yok mu?"

"Hayır."

"Adli tabibi HIV/AIDS gibi hastalıkları kontrol etmesini söylemek için not aldığınızdan emin olun. Oldukça sağlıklı görünüyor ama eğer eyersiz numaralar yapıyorsa, asla bilemezsiniz."

"Doğru. Görmek isteyebileceğin başka bir şey daha var." Acosta bir eldiven giydi, çarşafı tekrar çevirdi ve ölü kadının boğazındaki derin yarığı açmak için eski bir tükenmez kalemin ucunu kullandı. "Görüyor musun?"

Burton öne doğru eğildi, pıhtılaşan kanın üzerinde genellikle yumurta beyazında bulunan beyaz yumru gibi yüzen beyaz çorba karışımına odaklandı. "Bu da ne?"

"Sperm."

"Ne? Nereden biliyorsun?"

"Emin değilim ama böyle düşünüyorum." Kalemin kenarını aşağı kaydırdı ve Burton'a derinin iç kısmındaki parlak beyaz bir çizgiyi gösterdi. "Sanırım boğazını kesti ve o ölürken yarayı becerdi."

"Uh!" Adamın sözlerini düşünürken ağrıyan bacak kaslarını esneterek ayağa kalktı. "Kulağa süper bir sapık gibi geliyor."

"Seninle aynı fikirdeyim, Clarence. Peki, sırada ne var?"

"Çöpçüden bulabildiğini al ve onu almasını denetle. Adli tıpa boğazındaki o maddenin ne olduğunu hemen öğrenmek istediğimi söyle ve meni ise daktiloya göndersin. Şansımız yaver gider. veritabanında birini bul."

"Tamam. Ne yapacaksın?"

"Jamie Sellers ile konuş. Belki son müşterisinin kim olduğunu öğrenebilirim."

"Bunun bir müşteri olduğunu sanmıyorum, Clarence. Sanırım bu adam her kimse, serbest çalışıyordu."

"Kabul etmeliyim ama denemekten zarar gelmez."

Burton ortağını bölüm arkadaşlarına bıraktı ve şüpheli gözlerini cesedi görmek için toplanan insanlara çevirdi. Suçlunun bazen suç mahalline onu tekrar yaşamak ya da polisin beceriksizliğinden zevk almak için geri döndüğü iyi biliniyordu. Çöpçü bir ceset keşfettiği için fazla şaşırmışa benzemiyordu ve cep telefonuyla konuşurken mutlu bir şekilde zincirleme sigara içiyordu. Gözüne çarpan tek kişi, kalabalığın kenarında duran, vücudun üzerinde sessizce dua ederken dudakları kıpırdayan bir rahipti.

"Birinin onu kutsamasına sevindim." Arabasına geri dönerken kendi kendine mırıldandı. "Hepimizin birine ihtiyacı var."

Sonraki durak: Merkez.

* * *

Buzdolabından bir bira aldı ve en sevdiği koltuğa oturdu, kumandayı çalıştırırken yatar koltuğu gevşetti. Televizyon açıldı ve bir mobilya mağazası reklamı, Akşam Haberleri başlamadan hemen önce oynamayı bitirdi.

"En önemli haberimiz, Aşağı Doğu Yakası'ndaki bir ara sokakta bir kadın neredeyse kafası kesilmiş olarak bulundu." Dedi spiker. "Hadi olay mahallindeki muhabirimizle canlı yayına geçelim." Bu noktada öne eğildi, ilgisi arttı. Muhabir suçu anlatırken olay yerindeki insanların yüzlerini inceledi. İzleyenlerin yüzlerindeki korkulu ve bazen boş ifadeleri severdi. Penisi pantolonunun içinde sertleşti ve pijama altının düğmelerini açarak uzun, sert bir vuruş yaptı.

"Bu davadaki baş dedektif, Dedektif Clarice Burton cinayet hakkında şunları söyledi." Dolgun polis memurunu muayene etti ve horozu daha da sertleşti. Ne kadar sevimliydi! Tüm o kızıl-altın rengi saçları, mavi gözleri, kocaman göğüsleri... Tanrım, sikini o güzelliklerin arasına itip, yükünü onun çenesine tükürmeyi ne çok isterdi. Bu çabayla kendini zorlayarak bir sert vuruş daha yaptı. Suçun bazı özellikleri hakkında konuşmaya devam etti ve dikkatini genç kızların tercih ettiği açık pembe uçlu geniş ve tatlı ağzına çekti. Onun horoz emmek için daha yetenekliydi. İnledi, şimdi daha sert ovuşturarak, video kaydedicinin büyüsünü kullanarak röportajı yeniden gözden geçirdi, böylece kadının ağzının tekrar tekrar hareket etmesini izleyebildi.

Omurgasının dibindeki bir karıncalanma, salıverilmesinin sinyalini verdi ve geldi, meni havaya fırladı, fışkırarak sandalyenin fırçalanmış kadifesine ve altındaki bronz renkli halı yığınına indi. Nefes nefese, uzaktan kumandayı yeniden etkinleştirdi ve topallayarak yattı, görüşmenin geri kalanını izlerken kendini toparladı. Daha sonra röportaj yapılan rahibin yaşamın kıymetinden ve genç kadın için dua edeceğine dair verdiği sözden bahseden yardımsever sözlerini dinlediğini görünce şaşırdı.

Allah kahretsin! Kıkırdayarak kendini topladı ve birasını yudumladı. O fahişe yaşamayı hak etmedi, tatlı bir nefes almayı hak etmedi. Rahip dua edecek bir fahişeye sahip olmak isteseydi, dileğine kavuşurdu. Kesinlikle dileğine kavuşacaktı.

BÖLÜM III

Jamie Sellers ile konuşmanın bir anlamı yoktu. Burton muhtemelen ondan hiçbir şey alamayacağını biliyordu ama pezevenk Tamara'nın son müşterisini sorgulamak için bırakmadığı için sinirliydi. Kendisi için çalışan diğer kadınların refahı için gerçek bir endişe göstermedi, sadece nerede öldürüldüğünü bilmek istedi, böylece kızların geri kalanını tutuklanma korkusuyla bölgeden uzak tutabildi.

Ona göre Tamara, sadece cüzdanındaki paranın kendisine verilmesini isteyen, silinip giden bir sayfaydı. Elbette Burton, paranın mümkünse ailesine verileceğini, aile bulunmazsa Polis Memuru Yardımseverler Derneği'nin alacağını söyleyerek reddetmişti. Tabii ki, Sellers mutlu değildi. Kapıyı Burton'ın arkasından çarparak kapattı, nefesinin altından 'kahrolası domuzların daha fazla donut parasına ihtiyacı yok' diye mırıldandı.

Geç olduğu için dosyayı alıp eve gitmeye karar verdi, ayakkabılarını çıkardı ve aşağı, ofisine gitti. Küçük odadaki alanın çoğunu büyük bir mantar pano kapladı ve tahtanın içindekilere bakarak ışıkları yaktı. Anlık görüntüler, 8 X 10'lar ve diğer bilgiler yüzeyin neredeyse her santimine saçılmıştı, polis memuru olduğundan beri bölgesinde vahşice öldürülen genç kadınların tüm görsel temsilleri. Burton elindeki manila dosyasını açtı ve Tamara'nın resmini çıkardı ve boş bir yere yapıştırdı.

Gözleri sarı saçlı ve parıldayan mavi gözlü güzel bir küçük kızın 4 X 8'ine çekildi. Böyle meleksi bir güzellik, bugün o kızı öldüren aynı türden bir el tarafından alt edilmişti: ona insan olarak değil de cinsel bir araç olarak bakan öfkeli bir adam. Clarice, Angie'nin cesedini küçük yatağında bulduğunda Tim sigara içiyordu ve televizyon izliyordu. Bacaklarının içlerine bulaşan kanı ve kör gözlerindeki saf masumiyeti asla unutamayacaktı.

Tim Burton şimdi hapisteydi, Angie'nin tacizi ve ardından ölümü nedeniyle art arda iki yirmi yıl hapis yatarken, Clarice suçluluk hapishanesinde ömür boyu hapis cezasına çarptırıldı, annesinin kalbi başarısızlık suçuyla doluydu. Titreyen elini kaldırıp fotoğrafın yıpranan kenarlarına dokunarak boğazındaki yumruya karşı yutkundu. Fotoğrafın renkli kısmına asla dokunmazdı; bu küçük fotoğraf ve bir oyuncak ayı kızından geriye kalan tek şeydi.

Burton elini çekti ve gözlerini Tamara'ya çevirdi. Birinin kızıydı. Bir yerlerde, uyumak için yumuşak, güvenli bir yatağı vardı. Bir yerde, Noel'i ve Paskalya'yı ona değer veren insanlarla kutlamıştı. Hiç özen ve ilgi görmemiş bir fahişenin sert bakışlarına sahip değildi. Bir yerde, bir zamanda, aşkı tatmıştı.

"Neden şimdi? Tanıştığın ve sevgini göstermediğin kimdi? Seni kendi kanında ölüme terk eden kimdi? Söyle bana Tamara. Söyle bana kimdi."

* * *

"Gitmek istemiyorum Sellers ve beni zorlayamazsın!" Julieta çığlık atarak uzaklaşmak için arkasını döndü. Bütün gün iş yapmaktan yorulmuştu, ayakları ağrıyordu ve köşede kendisini bekleyen bu son dakika işine gitmek istemiyordu. Tamara'nın donuk gözlerinin ve çarpık vücudunun görüntüsü zihninde çok tazeydi.

Sellers'ın pazısını mengene gibi tutuşu kolundaki kanı kesti ve o tısladı, hizalı dişleri ışıkta parlıyordu. "Sana istediğim her şeyi yaptırabilirim." Onu sıkıştırdı, o kadar yaklaştı ki, ortaya koymaya çalıştığı kabadayılığa rağmen titredi. "Hatırlatmana gerek var mı?"

"Numara." Julieta, kelimeyi çabucak tükürdüğünde, gözünü korkutmasının işe yaradığını bilmesine izin verdiğinde kendinden nefret etti. "Ama benimle gelmeni istiyorum."

"Seni ve beyaz bir çocuğun sevişmesini izlemeyeceğim! Şimdi git." Onu bekleyen adama doğru hafifçe itti. "Ve önce parayı al!"

Julieta dalgalı saçlarını salladı, elbisesini düzeltti ve ayaklarının ne kadar ağrıdığını düşünmeden seksi görünmeye çalışarak adama doğru yürüdü. "Merhaba."

"Merhaba." Sesi yumuşaktı, neredeyse nefes nefeseydi ve utanarak başka tarafa baktı. "Sen çok güzelsin."

"Teşekkür ederim. Latin kadınlarını sever misin?"

"Onları sev." Yine nefes nefese, ama birazcık ...aksanlı mı?

"Yani randevu mu istiyorsun?"

"Evet. Göğüslerini becermek istiyorum."

"Bunlar gibi, ha?" Julieta kimsenin izlemediğinden emin olmak için etrafına bakındı ve göğüslerinden birini duyusal bir şekilde sıktı. "Onlar gerçek. Birine dokunmak ister misin?"

Uzanıp bir küreyi aldı, tatlı ağırlığını kaldırdı, sonra sıktı. "Kahretsin."

"Çifte D." Julieta gururla tedarik etti. "300 dolar ve onlar senin."

"Yutkunur musun?"

"200 dolar daha ekle, vereceğin her zerre kadar içeceğim."

"Tamamlandı."

Kıkırdayarak onu çöp kutusunun arkasındaki bir noktaya götürdü ve eline beş yüz dolarlık banknotlar koyduğunda gülümseyerek elini uzattı. "Teşekkür ederim." Bu işi bir kenara bırakınca, üstünü aşağı çekti, dizlerinin üzerine çökmeden önce yüzünü onlara sürtmesine izin verdi, nefes nefese onun pisliğini görmeyi bekledi. Pantolonunun fermuarını açtı ve penisini çıkardı, göğüslerinin arasına kaydırmadan önce yanaklarına şaplak attı. Julieta göğüslerini bir arada tuttu, başını aşağı eğdi ve her itişte başını ağzına emiyordu.

İnledi, kendini sabitlemek için omuzlarından tuttu ve daha hızlı pompaladı. Yakında olacaktı, hissediyordu. O tanıdık karıncalanma. Penisi patlarken tısladı, ağzına soktu ve ağzına olabildiğince uzağa itti. İlk başta boğuldu, sonra yutkundu ve ikinci kez öğürmemek için kalçalarını kavradı. Sonunda cumming durduğunda, ağzından horozunu çıkardı ve gömleğini yerine geri çekti.

"Sonra görüşürüz."

Julieta, onun boğazına dolanan kol halkasını görmedi ama kas ve kemiğinin gücüne yol açan nefes borusunun çatırdamasını duydu. Ve çok geçmeden, başka bir şey duymadı.

BÖLÜM IV

Jim Blanch okuldan her zamanki gibi geldi. Annesi, ona hoş geldin dediğini ve merdivenlerden yukarı koşarken ağır ayak seslerini dinlediğini fark etti. Güldü. Jim çok iyi bir çocuktu; katlanmak zorunda kaldığı çekişmeli boşanmadan sonra bir lütuf. Bu yıl mezun olacaktı, düz A öğrencisiydi ve arkadaşlarıyla basketbol oynamayı severdi. Hepsinden iyisi, odasını sormadan temizledi ve ihtiyacı olduğunda ona yardım etti.

Aslında ondan bir iyilik yapmasını istemesi gerekiyordu. Komşuları Bay Greenwell'in çatı katından indirilecek bir sandığa ihtiyacı vardı ve Lorna bu iş için Jim'e gönüllü olmuştu. Ellerini önlüğüne sildi, tavuk rigatonisini indirdi ve merdivenlerin dibine gitti.

"Jim! Buraya gelir misin lütfen?"

Lorna bekledi ama ondan normal bir yanıt alamadı. Belki kapısını kapatmıştı ya da müzik dinliyordu. Ona MP3 çaları aldığından, bazen dikkatini çekmek için odasına kadar merdivenlerden yukarı çıkmak zorunda kalırdı. İçini çekerek merdivenleri tırmandı. Tekrar yapması gerekecekti ve bunyonu şikayet ediyordu.

"Lanet olsun! Jim!"

Yaralı ayağını destekleyerek merdivenleri tırmandı ve sahanlığa yaslandı, acıyla yüzünü buruşturdu. Müzik duydu. Grubu iyi tanıyordu; Son zamanlarda Franz Ferdinand'a takıntılıydı ve yeni albümlerini tekrar tekrar çalıyordu. Davulların ritmi ve gitarların çığlığı altında başka bir şey duydu. Ritmi olmayan bir şey; müzikle uyuşmayan bir şey. Sesi... gıcırdayan yatak yayları gibiydi.

"Jim?" Şimdi o kadar yüksek sesle aramadı. Jim on sekiz yaşındaydı ve erkek olma yolunda ilerliyordu ve onun ara sıra duşta mastürbasyon yaptığını biliyordu. Eğer durum buysa onu rahatsız etmek istemiyordu ama özel annesinin hissi ona bir şeylerin doğru olmadığını söylüyordu. "Jim, bana bir iyilik yapmana ihtiyacım var."

Gittikçe daha da yaklaştı, müziğin şiddeti artıyor, seslerin hızı ve perdesi artıyor. Titreyen eli kapı koluna ulaştı ve onu kavradı ve kolay bir dönüş yaptı. "Jim?"

Gözleriyle buluşan manzara, Lorna Blanch'ın asla unutamayacağı bir şeydi. Oğlunun odası her zamanki gibi dağınıktı. Jennifer Garner ve Jessica Alba'nın posterleri, yarı çıplak anime kadınlarıyla birlikte duvarlara bantlandı. Ve oğlu yatakta çıplaktı. Güçlü bacakları bir şeye çarpıyordu, kalçaları esniyor ve sırt kasları dalgalanıyordu. Lorna gözlerini büyüterek yana doğru küçük bir adım attı. Oğlunun vücudunun altında bir çift mükemmel göğüs vardı ve o, penisini aralarına sokarken onları bir arada tutuyordu.

diye bağırdı Lorna Blanch.

* * *

"Ciddi misin?"

Burton ve Acosta istasyonun kapılarını iterek açtılar, dışarı çıktılar ve arabasına yönelirlerken merdivenlerden aşağı atladılar.

"Keşke öyle olsaydım. Beş dakika önce aradı ve oğlunun bir çift memeyi becerdiğini ve gelip onları almasını söyledi."

"Julieta Friars'a ait olduklarından emin miyiz?"

"Hayır, ama bir çift göğsü eksik olan başka birini düşünemiyorum, değil mi?"

Giriş için vızıldayarak kumtaşına varana kadar başka konuşma olmadı. Lorna Blanch, öfke ve tiksinti arasındaydı ve oğlu belli ki her ikisinin de yüküydü.

"Bayan Blanch? Ben Dedektif Burton. Bu Dedektif Acosta."

Kadın hızla onlarla el sıkıştı, kızgın bakışları sandalyede kendini küçültmeye çalışan genç adama döndü. "Ona bundan daha iyisini öğrettim. O pis şeyi eve getirmemesi gerektiğini biliyordu."

Acosta, öfkesini daha da artırmaktan çekinerek bir soru sormaya cesaret etti. "Bayan Blanch, bunların gerçek olduğuna emin misiniz?"

"Ah, onlar gerçek, tamam." Kızgınlıkla tersledi, sonra oğluna havlamak için döndü. "Git onlara göster Jim."

Genç adam konuşmadı. Merdivenlerden yukarı yatak odasına götürdü ve yatağını işaret etti. Yastığının yanında duran mükemmel bir göğüs seti, taşınabilirlik için özenle oyulmuş ve kesilmiş, bir meme ucunda üzerinde asılı bir arı olan bir çubukla delinmişti. Burton cebinden bir eldiven seti çıkardı ve eti dikkatle inceledi.

"Onlar o kızın."

"Nasıl söyleyebilirsin?"

Burton sol memeyi kaldırdı ve ona dövmeli harfleri gösterdi. Minik B.

"Sokak adıydı." Bir çırpıda eldivenlerini çıkardı ve genç adama döndü. "Onları nereden buldun?"

"Çöp kutusunda." kekeledi. "Okuldan eve dönüyorum."

Burton durup düşündü ve Acosta'yı yanına çekti. "Hızlı çalışsak iyi olur. Bundan sonra yapacaklarından korkuyorum."

BÖLÜM V

Burton ve Acosta, Jim Blanch'ın göğüsleri bulduğunu söylediği çöp bidonunu didik didik aradılar ama başka bir kanıt bulamadılar. Göğüsler Julieta'ya aitti; Adli tabip onları gövdesindeki özenle oyulmuş deliğe yerleştirdiğinde, tam olarak yerlerine oturuyorlar. Acosta kapıdan çıkarken neredeyse dana scaloppini'sini kustu. Dr. Arbitag o kadar çok güldü ki burnunun altındaki Vicks küresi kendini odanın diğer tarafına fırlatmakla tehdit etti.

"Bunun olimpiyatlarda olması gerekir. Muhtemelen Usain Bolt'un zamanından birkaç saniye geri kalmıştır."

"Arby, sen gerçek bir piçsin, biliyorsun değil mi?" Clarice gülerek ceset parçasını ayrı çantasına geri koymasına yardım etti.

"Evet, ama beni seviyorsun." Çantayı kapattı ve bir arabaya koydu. "Pekala Clarice, sana ne söyleyebilirim bilmiyorum ama senin için işe yarar bir kanıt bulamadık."

"Peki ya sperm?"

"Yazdık ama veritabanında herhangi bir sonuç alamadık."

Burton bir çırpıda eldivenlerini çıkardı ve tıbbi atık çöp kutusunu açmak için kola bastı. "Aslında bunun üzerine bahse girmiyordum. Biliyorsun, genellikle uzak bir ihtimal."

"Evet bazen." Arby ellerini yıkayıp dedektife döndü. "Ama denemeden asla bilemezsin."

"Arby, birçok dava gördün. Michael Baden olmadığını biliyorum ama uzmanlığına ihtiyacım var." Duraksadı, düşüncelerini organize etti. "Yine öldürecek ve yakında olacak. Julieta döndü. Tamara iki gün önceydi. Gece yarısından sonra, elimizde başka bir ölü kadın olacak ve Belediye Başkanı sıçacak."

"Beğenmeyeceksin."

Burton güldü, çabucak ayıldı. "Bana devam etmem için bir şey verebilir misin? İçgüdülerinden bir şey mi?"

Arbitag ellerini sildi ve yakındaki bir masanın üzerindeki kanalizasyona et parçalarını ve pıhtılaşmış kanı hortumlamaya başladı. Bir an için ona baktı, sonra hortumun vanasını serbest bırakarak suyun akışını durdurdu. "Deli. O sadece zeki biri değil, aynı zamanda akıl hastası. Fahişeleri hedef olarak kullanma seçimi orijinal bir fikir değil, prezervatif kullanmayan fahişelerin özel seçimi."

"Prezervatif yok mu?"

"Sürekli olarak prezervatif kullanan bir kadının vajinal veya anal kanalı, kullanmayan bir kadından çok farklıdır. Kas çizgileri çok daha pürüzsüzdür ve her iki kadının da vajinal kasları, yakın zamanda güvenli seks yapmadığını gösterdi."

"Yani onlar eyersiz uzmanlardı."

Arbitag başıyla onayladı, suyu yeniden etkinleştirdi ve pisliği gidere akıttı. "Julieta'nın HIV'i vardı."

"Ya Tamara?"

"Klamidya."

"Bu bulaşıcı mı?"

"Evet."

"Tedavi edilebilir mi?"

"Klamidya tedavi edilebilir, evet, ama... evet, HIV'i biliyorsun."

"Evet." Clarice kalın plastik ceset torbasına baktı, Julieta'nın güzel hatları kalın malzeme tarafından bozuldu. "Yani her iki kadın da lekeliydi ama umurunda değildi."

"Hayır. İlk kızın boğazında meni bulduk ve sürüntü aldığımda Julieta'nın ağzında biraz buldum. Tipler aynıydı."

"Ama neden kadından göğüsleri kesmek için zaman ayırsın ve sonra onları hendeklesin? Yani, kesikten, iyi bir iş çıkarmak için zaman ayırdığı açık..."

"Belki aceleye geldi. Belki onları orada sen ve Acosta için bıraktı ve o çocuk onların başına geldi. Kim bilir? Bu noktada, onları terk etmesinin nedeni o değil."

"Ve mesele şu mu?"

"Kadınları kesmesi neden gerekliydi? Onlara zarar vermeden yoluna devam edebilirdi ama onları sakatlamak zorunda olduğunu hissetti. Nedendi? Neden boğaz ve neden göğüsler? Neden kadınları seçti? kim lastik kullanmadı?"

"Açıklama yapıyordu." dedi Burton yumuşak bir sesle. "Prezervatif kullanmayan fahişeler hakkında bir açıklama. Düşük kaliteli fahişeler, enfekte olmuş ve hastalıklarını müşteriye bulaştırmış. Bu, Karındeşen Jack gibi..."

Arbitag'ın fısıldadığı kelime daha da yumuşaktı. "Bingo." Burton'ın beyni hemen çalışmaya başladı, bilgi aramak için bereketli beyninin bahçesinde kürekler dolusu toprağı devirdi. Adli tabip, steril bir alet tepsisini kontrol ederek bir sonraki giriş için hazırlandıklarından emin oldu. "Ve ne tür bir insan böyle kadınları hedef almak ister?"

Dedektif yine olası cevapları düşünerek soruyu düşündü. New York, HIV Jezebels'in gezegenden silinmesini isteyen her türden insanın yoğun olarak yaşadığı bir yerdi. Arbitag onun arkasına geçti, bir tanesini, ardından ikinci bir fotoğrafını önüne koydu. İlk fotoğraf, Tamara'nın suç mahallinde çekilen bir kalabalıktı. Kalabalık çekimleri standarttı ve şehirde çalışılan her suç mahallinde gerekliydi. Çoğu katilin psikolojik varlıklar olduğunu bilerek, kişinin kimliğini gizlice gizlerken dikkatleri üzerine çekmek için olay yerine geri dönme şansı her zaman vardı.

Clarice'in keskin gözleri, Julieta'nın suç mahallinden çekilen ve bir bağlantı bulamamış bir kalabalık olan ikinci fotoğrafı taradı. Arbitag onun hayal kırıklığını hissetti ve ceketinin cebinden siyah bir Sharpie çıkardı, fotoğraf kağıdına iki daire çizdi ve dedektif yaklaşırken gülümsedi.

"Rahip."

BÖLÜM VI

Kadın güzeldi. Saçları çilek sarısının lezzetli bir tonuydu, yüzünün etrafındaki buklelerle zevkli bir şekilde şekillendirilmişti. Davetkar ağzı kıpkırmızıydı ve solgun göğüsleri dantel oyuncakların kenarlarının hemen altından fırlamış, dolgun, çilli üstleriyle onu kızdırmıştı. O karlı tepelerde parmağını ovmak için can atıyordu ama onu henüz yeterince tanımıyordu.

"Bir içki ister misin?"

Olumsuz anlamda başını salladı ve güzel yüzünü onunkine çevirerek kanepede ona yaklaştı. İpucunu aldı ve eğildi, ağzını nazik bir öpücükle aldı ve dilini ağzına soktu. O çok itaatkardı ve o bunu seviyordu. Adam olmak, ona bakabileceğini göstermek ve onun da bunu bilmesini istiyordu. Onu hala öperken, uzandı ve elinin göğüslerinden birini tutmasına izin vererek meme ucunu parmaklarının arasında ovuşturdu.

"Bunu beğendin, değil mi?"

Kızın kayışını omzunun üzerinden aşağı kaydırdı ve parmaklarının yumuşak tenini yumuşatmasına izin verdi. Göğsü dışarı fırladı, meme ucu yumuşak ve pembeydi ve farklı dokuları hissetmek için zaman ayırarak onu dillendirdi. İkisi arasında gidip gelerek zaman harcadı ama ihtiyacı çok fazlaydı ve artık onunla savaşamıyordu. Dudakları onun göğüsleri arasındaki vadiyi öğrenirken, eli aşağı kaydı ve kaya gibi sert siki ile birleşti, fermuarını açıp bırakmadan önce onu sıktı.

"Biraz em, olur mu?"

Dudakları açıldı ve başını aşağı itti, altı inçlik uzunluğunun tamamını ağzına alıp boğazının arkasına çarpmasına izin verirken derinden inledi. O çok iyiydi. Ağzının yumuşak, ıslak sıcaklığına ve esnek diline asla doyamazdı. Sırtın hemen güneyindeki küçük sinir demetini hedef alarak ve onu titreterek horozunun alt tarafına sürttü.

"Evet bebeğim. Aynen öyle. Al. Hepsini al."

Onu becermek istedi ama bir kez onun sikini emmeye başladığında, dayanamayacağını biliyordu. Minik boğazı, çubuğun etrafında bir vakum oluşturdu ve bir anda, onu aynı anda hem sıkıyor hem de emiyordu. Kalçaları yukarı doğru iterken elini başının arkasında tutarak, sikini boğazından aşağı doğru daha fazla zorlayarak sandalyeye yaslandı.

"Oh, evet. Oh, siktir, bebeğim, boşalacağım!"

Boşalma hamlesine boğulmuş bağırışı eşlik etti ve vücudu her salıverilmesinde sarsıldı, bacakları sert ve düz çıktı. O çok iyiydi. Ondan her son damlasını sağdı, onu zayıf ve tok, yüzünde bir gülümseme bırakarak bıraktı. Vestiyerin kapısının vurulması anında bu gülümsemeyi sildi ve ayağa fırladı.

"Rahip Perkins mi?"

"Hemen çıkacağım."

Burton sıralardan birine oturup Acosta'ya baktı. "Onun orada ne işi var?"

"Bilmiyorum. Özel bir nimet mi veriyorsun?"

Dedektif karanlık bir şekilde kıkırdadı ve bakışlarını küçük kiliseye çevirdi. Angie öldüğünden beri kiliseye gitmemişti. Böyle ölmesine izin verirse Tanrı'nın olmadığını düşündü. Vestiyer kapısı açıldı ve Peder Henry Perkins, üniforması tertemiz, uzun adımlarla öne çıktı. Acosta'ya elini uzattı, sonra ayağa kalkarken ona döndü.

"Seni beklettiğim için üzgünüm. Biraz bilgisayar işi yapıyordum."

"Kilisede bir bilgisayar. Dünya ilerliyor."

"Her zaman, Dedektif Burton. Ruhun ihtiyaçları teknoloji tarafından kısıtlanmaz." Perkins özel bir şaka yapıyormuş gibi sırıttı. "Size nasıl yardım edebilirim?"

"Sana birkaç soru sormak istiyordum. Sakıncası var mı?"

"Hiç de bile."

"İyi." Burton, bakanın gergin bir şekilde ondan uzaklaşmasını, ortağının sunakta dolaşmasını, eğitimli bir polis memurunun teknik gözüyle inancının kutsal maddelerini incelemesini izledi. "Williams olay yerinde olduğunu fark ettim. Sanırım onun için dua etmişsin."

"Ah, evet." Perkins ona cevap verdi ve sonra dikkatini tekrar Acosta'ya çevirdi. Ne hakkında gerginsin, rahip? "Ona Son Ayinleri verdim."

"Katolik olduğunu nasıl anladın?"

"Yapmadım. Son Ayinleri, inancı ne olursa olsun, ihtiyacı olan herkese veririm."

"Ya da eksikliği?"

Peder Perkins başını salladı. "Günahlarımız için bağışlanma dilersek, hepimiz bağışlanırız. Bir fahişe neden farklı olsun ki?"

"Çok naziksiniz, Peder Perkins. Bu yüzden mi Friars sahnesine geldiniz?"

Kendini toparlamadan önce yüzünde en ufak bir şaşkınlık belirtisi yakaladı. "Keşişler sahnesi mi?"

Burton, taşıdığı dosya klasöründen fotoğrafı çıkardı ve adamın tepkisini dikkatle gözlemleyerek adama gösterdi. "Ah, evet. Bir dua toplantısına gidiyordum ve tesadüfen gördüm. Ona Son Ayinleri de verdim."

"Anlıyorum." Fotoğrafın yerini aldı. "Kızlardan herhangi birini ölmeden önce gördünüz mü?"

"H-hayır."

Kekemelik. Ne hakkında bu kadar gerginsin? "Emin misin?"

"Evet, eminim. Bunu bilirdim." Perkins, Acosta'nın ortadan kaybolduğunu fark ederek tekrar etrafına baktı. "Bay Acosta nerede?"

"Ah, muhtemelen bir yerlerdedir, büyük ihtimalle sigara içmenin dışındadır."

"Affedersiniz lütfen."

"Rahip Perkins, işim bitmedi..."

Saygıdeğer rahip, hemen arkasında Dedektif Burton'la birlikte cübbeye yöneldi. Acosta küçük odanın içinde, panelleri noktalayan çerçeveli sertifikaları inceliyordu. Perkins içeri girdiğinde kafası karışmış bir şekilde baktı.

"Evet efendim?"

Perkins'in gözleri köşedeki dolaba kaydı ve kapıların güvenli bir şekilde kapatıldığını fark etti. "Ah, burası benim özel ofisim, dedektif. Dışarı çıkarsanız sevinirim."

Acosta'nın gözleri Burton'la birleşti ve omuz silkti. "Sorun yok."

Perkins kapıyı arkalarından kapattı ve iki dedektife döndü. "Dinle, başka soru yoksa yarın geceki ayin için hazırlanmalıyım."

Dedektif Burton elini sıktı. "Teşekkürler, Peder Perkins. Başka sorumuz olursa sizinle iletişime geçeceğiz."

İki dedektif çabucak kiliseden ayrılarak kaldırıma park etmiş olan Patriksiz Chevrolet'e yöneldi. "Rahip Perkins ilginç bir adam."

"Sana bunu ne söyletiyor?"

"Dolapta bir arkadaşı var. Gerçekçi bir lastik bebek."

"Oyuncak bebek?"

"Herhangi bir oyuncak bebek değil. Bir seks bebeği." Acosta cebinden bir plastik torba çıkardı. "Bir ağız dolusu cum ile, ekleyebilirim."

"Kapıyı çaldığımızda rahip bir oyuncak bebekle sikişiyordu."

"Öyle görünüyor." Acosta gülümsedi. "ME'nin ofisinde çabucak durmaya ne dersin?"

BÖLÜM VII

Gece, karanlık bir kurum lekesi gibi şehrin her tarafına pürüzsüzce yayıldı, ufku kararttı ve orada olduğunu bildiği yıldızları engelledi. Evlenmeden önce, Harry her zaman onun gözleri hakkında yorum yaparak, içlerinde cenneti görebildiğini söylerdi. Bu gece eve erken gelmişti ve onu sahte memeli bir sarışının vücudunda cenneti ararken buldu. On bir yıllık evlilikten sonra bunu hiç beklemiyordu. Sonsuza dek mutlu olacağına, Yakışıklı Prens'e ve onun sevimli prensesine ve bir horoz darbesiyle kocasının bu hayalleri paramparça ettiğine inandı.

Ve böylece, Carla Parker kendini topluluklarının yerel bir barında buldu, etrafını içki üstüne içki satın alan, ardı ardına vurulan, sınırlarını aşan hayranlarla çevriliydi. O sınırı ne zaman geçtiğini bilmiyordu; sadece aldatan kocasını umursamayı bıraktığını biliyordu. Ayakkabısının tabanına saplanmış yabancı bir cisim gibiydi ve kadın onu zahmetsizce çekip kenara fırlattı.

"Affedersiniz." Alkolik sisi yarıp geçen onun sesiydi: kibar ve centilmen. "Sana kahve ısmarlayabilir miyim?"

Olay yerine ani girişinden bir ses ve çığlık yükseldi. "Hey sen kimsin?" "Onu ilk biz gördük." "Defol git, seni lanet İngiliz piç kurusu!"

Onları görmezden geldi ve adama döndü ve ona sarhoş bir gülümseme verdi. "Evet lütfen." Elini tuttu ve bar taburesinden aşağı inmesine yardım etti, topuğu basamağa takıldığında onu zarif bir şekilde yakalayıp öne doğru savurdu. Diğerleri onun sarhoşluğuna güldüler ama o gülmedi. Onu ayağa kaldırdı ve bir sandalyeye oturtmasına yardım etti, sonra fincanı dudaklarına kaldırana kadar kremalı ve şekerli kahveyi kaşıkla yedirdi.

"Daha iyi?"

"Evet, çok. Teşekkürler." Kahve, kasvetliliğin bir kısmını sildi ve o yakışıklı yabancıya gülümsedi. "Beni kurtardığın için teşekkürler."

"Teşekküre gerek yok." Gülümsemesi sıcak ve kolaydı. "Dinle, dairem buradan çok uzakta değil. Neden oraya gitmiyoruz? Sana biraz daha kahve yapabilirim."

"Bu kulağa hoş geliyor. Önce banyoyu kullanmama izin ver."

O yokken, kahvesini bitirdi ve diğer erkeklerin hevesle izlediğini fark ederek sabırla onun çıkmasını bekledi. Dışarı çıktı, ellerini dörtgen bir kağıt havluyla kuruladı ve ona 'İngiliz piçi' diyen adam tarafından dövüldü. Başına ne geldiğini bilmiyordu ama saniyeler içinde, eski benliğinin hırlayan bir gölgesi haline geldi, adama fırlattı ve onu yere indirdi. Onunla sohbet eden diğer adamlar da kavgaya katıldı ve çok geçmeden barmen ateşli bir şekilde polisi aradı, bu sırada sandalyeler ve şişeler uçtu ve kan döküldü.

Burton, Stevens'tan telefonu aldığında yaklaşık otuz beş dakika geçmişti. "Günah Şehri denen bir barda kavga var."

"Daha önce duymuştum. Neden beni kavga için arıyorsun?"

"Kurbanla konuşmak isteyeceksiniz, Carla Parker. Kavga çıktığında bir adamla ayrılmak üzere olduğunu söylüyor. Bir İngiliz."

"Yoldayım."

O geldiğinde, barmen müşterilerin sonuncusuna iyi geceler diyordu ve onu gördüğüne sevinmedi. Kadın bir kulübede oturuyordu, titreyen elinde bir içki ve saçı başının etrafında dağınık bir bulut içindeydi.

Stevens onu bekliyordu, bluzunun dekoltesine bakıyordu. "Adı Carla Parker. Kocasını başka bir kadınla yatakta buldu ve öfkesini boğmaya karar verdi. Görünüşe göre biraz fazla derine inmiş ve onu bir 'fırsat' olarak gören birkaç erkeğin dikkatini çekmiş."

"Aptal amcık." diye mırıldandı Burton. "Neden onu dışarı atmadı?"

"Bilmiyorum." Kabinin yanında durdu. "Bayan Parker, bu Dedektif Burton."

Parker yukarı baktı, gözleri çökmüş ve kızarmıştı. Konuşmaya başladı ama yüzü buruştu ve yeni gözyaşı vaadine karşı alkolün bir kısmını yuttu. Stevens geri çekildi ve Burton oturdu, uzanıp kadının elini okşadı.

"Bana ondan bahset, Bayan Parker."

"İyi birine benziyordu, bir beyefendi."

"Beyefendi olduğunu nasıl anladın?"

"İngiliz aksanı vardı."

Burton, Stevens'a baktı ve kadına cesaret verici bir gülümseme gönderdi. "Bunlar çok az. Beyler, demek istiyorum." Parker bir içki daha alarak başını salladı. "Size onun bir beyefendi olduğunu düşündüren başka ne oldu?"

"O serserilerin geri kalanı daha fazla içmemi istediğinde bana kahve ikram etti. Diğerleri gibi benden faydalanmak istemedi."

"O çok hoştu. Garip bir adamın seni kurtarmaya gelmesi ne kadar hoş, değil mi?" Dedektifin sözleri Parker'ı rahatsız etti ama hiçbir şey söylemedi. "Onunla gideceğini mi söyledin?"

"Evet, beni dairesine davet etti. Kahve içecektik."

"Anlıyorum." Burton kadına baktı. "Bana onun bir tanımını verebilir misin?"

"Uzun boylu, esmer, sakallı, kahverengi gözlü."

"Onu bir daha görsen teşhis edebilir misin?"

"Evet." Parker diğer memurlara bir göz attı, merakı birdenbire kıvrandı. "Dövüş başlatan bir adamla neden bu kadar ilgileniyorsunuz?"

"Çünkü Bayan Parker, hayatta olduğunuz için şanslısınız. İngiliz beyefendiniz bildiğimiz iki kadını öldürdü ve siz üç numara olabilirsiniz."

BÖLÜM VIII

Öfke damarlarına hükmediyordu. Kafatasına saplanan acıyı ve kanını kaynatan öfkeyi düşünemiyordu. Ona sahipti. Ellerinden yemek yiyordu ve yakında bıçağının kenarından kan akacaktı. Amcık! Sahneye dönmekten kendini alamayarak barın önüne doğru yürürken alnını ovuşturdu. Ve işte oradaydı, televizyondaki o amcık dedektif, kadının karşısında oturuyordu. Hala ona sahip olabilirdi. Şimdi, bunu yapmanın bir yolunu bulmak için ...

Burton'ın cep telefonu çaldı ve çalıştırdı ve kabini terk etti. "Burton."

"Hey, ben Acosta."

"Neredeydin? Seni beş kez aramaya çalıştım!"

"Ben burada laboratuvardaydım. Bana sonuçları beklememi söylemiştin, hatırladın mı?"

"Evet, ama telefonuna cevap veremiyorsun?"

"Son iki saattir DNA hakkında teknik bir açıklama alıyorum, Clarence. Beynim aşırı yükleniyor."

Burton güldü. "Peki benim için ne haberlerin var?"

"Bu bir tesadüf."

"Dalga mı geçiyorsun?"

"Hayır. Papazın spermi bir tesadüf. Tutuklama emrinin onaylanması için Yargıcın evine gidiyorum."

Burton, Carla Parker'a bakmak için dönerken bilgiyi sindirdi. Bir şeyler doğru değildi ama ne olduğunu bilmiyordu.

"Benimle Yargıç Anderson'da buluşmak ister misin?"

"Hayır, buna gerek yok. Bu aşamada ben halledebilirim. İşleri yoluna koyduğumda seni ararım ve onu almak için buluşuruz."

"Pekala. İyi iş çıkardın, Acosta."

"Teşekkürler, Clarence. Sonra görüşürüz."

Telefonu kapattı ve tekrar kadına baktı. Bu neydi? Onu rahatsız eden şey neydi? Burton omuz silkti ve Stevens'ın durduğu yere gitti.

"Adam elimizde."

"Ne, bu geceki adam mı?"

"Hayır. Katil. Bunu sana sonra anlatırım. Şimdi, Bayan Parker'ı eve götürmemiz ve buradan çıkmamız gerekiyor."

"Peki."

O geldiğinde Parker başını kaldırdı. "Onu yakaladın mı?"

"Hayır, ama katili yakaladık, yani gitmekte özgürsün."

"Katilin o olduğunu düşünmüyor musun?"

"Hayır. Onun güvende olmadığını kanıtlayan reddedilemez kanıtlarımız var."

Carla'nın gözleri yaşlarla doldu. "Tanrıya şükür."

"Dedektif Stevens, eve sağ salim dönmenizi sağlayacak."

"Gerekli değil. Eve gitmiyorum. Yolun aşağısındaki bir otele gideceğim."

"Yine de dedektif sizi otele bırakabilir."

Parker içkisini bitirip çantasını alarak ayağa kalktı. "Yine de teşekkürler, ama ben yürüyeceğim. Biraz temiz havaya ihtiyacım var, ne demek istediğimi anlıyorsan."

"Bayan Parker, gecenin bu saatinde yürümenin tehlikeli olduğunu söylememe gerek yok."

"Dikkatli olacağım." Kapıya doğru sendeledi, kapı kolunu tutarken doğruldu. "Yardımınız için teşekkürler."

Dedektifler onun gidişini izlediler, ikisi de aptallığına karşı başlarını salladılar. Stevens, Burton'ın sırtına vurdu. "Senin hatan değil, Clarence. O yetişkin bir kadın."

"Onu sarhoş ve düzensizlikten tutuklayamaz mıyız?"

"Pek değil. Ya teknik bir ayrıntı yüzünden reddedilecek ya da dava edilecektik." Sırıttı. "Ya da şansımızı bilerek, ikisi de."

Güldü, başını salladı. "Haklısın. Pekala, hadi gidelim ve sana yoldaki rahibi anlatacağım."

* * *

Carla caddede yürürken mırıldanıyordu. New York'u gecenin bu saatinde severdi. Lağımlardan yükselen buhar, koyu gümüş su birikintilerindeki neon tabelaların yansımaları, sabırsız sürücülerin sesleri ve egzoz kokusu birleşerek, güneş gökyüzünden çekilince şehri büyülü bir yer haline getirdi. Sarhoş olmak da deneyimden uzaklaşmadı. Her şeyi yükseltti ve kesinlikle 'yükselmiş' hissediyordu.

Harry'i sikeyim! Güldü ve bu gece gördüğü ilgiyi hatırlayarak neşeyle atladı. Gördün mü, Harry? Başkasını elde edebilecek tek kişi sen değilsin! Köşeye yaklaşırken, onun orada dikildiğini gördü, yüzünde bir gülümsemeyle koştu ve kendini onun kollarına atarak koştu. "Nereye kayboldun?"

"Arka kapıdan çıktım. Pek savaşçı değilim."

Sağ şakağındaki çıkıntıya dokundu ve o yüzünü buruşturdu. "Üzgünüm."

"Hala o kahveyi istiyor musun?"

Gözlerindeki ışıltıyı fark edip gülümsedi. "Dairende mi demek istiyorsun?"

"Evet."

"Hayır. Ama ben bir içki alacağım."

"Tamamdır! Hadi gidelim."

Onları sokaklarda ve sokaklarda manevra yaparken tökezleyerek ve kıkırdayarak ona yolu göstermesine izin verdi. Sonunda karanlık bir sokakta durup onu duvara yasladı ve boynunu öptü. "Umarım şipşak bir şeye aldırmazsın. O kadar güzelsin ki kendime engel olamıyorum."

"Numara." Nefes nefese dedi. "umurumda değil." Sert dudakları onu deli ediyor, hassas boynunu ısırıyor ve titretiyordu. Elleri beline inip elbisesinin eteğini yukarı çektiğinde, itiraz etmedi. Vücudu acıkmıştı, onun arkadaşlığından zevk aldığı belli olan bir adamın ilgisine aç. Siktir git Harry. Parmakları külotu vücudundan yırttı ve beklentiyle bacaklarını açtı. "Oh evet." Fısıldadı, amcıkları karıncalandı. "Siktir et beni."

Sözler boğuk bir havlamayla sona erdi, vücudu kadının vajinasına soktuğu ekstra büyük terzi makasına saplandı. Kalın ve sıcak kan elini kapladı ve ağrıyan sikini nabzını atan sellerine sokmadan önce onu koklamak için durakladı. Onu pençelemeye çalıştı ama bir yandan bileklerini kolayca tutarken diğer yandan kalçalarını yakın tutuyordu. Kısa süre sonra, mücadeleleri zayıfladı, gözleri çırpındı ve daha şiddetli bir şekilde onu itti, kadifemsi ılık kanı kanalını yağladı.

Carla Parker son nefesini verirken, onun içine patladı, onun içini sıçrayan ve zengin kana karışan her boşalma darbesiyle horozu kalınlaştı. Şimdiye kadarki en iyisi bu, diye düşündü, horozunun içinden kaymasına izin vererek ve elbisesini kanın bir kısmını silmek için kullandı. Şimdi, o kadın dedektife bir mesaj bırakalım: onun hafife alınmaması gerektiğini bilmesini sağlayacak bir mesaj.

Sırada olduğunu bildiren bir mesaj.

BÖLÜM IX

Peder Perkins, New York'un en iyilerinden küçük bir ordu kilisenin kapısında göründüğünde oldukça şaşırmış görünüyordu. Tutuklama sorunsuz bir şekilde gerçekleşti ve Burton, Acosta ve Stevens diğer memurlarla birlikte geride kaldı ve ek kanıt öğeleri için binayı aradı.

"Clarence!" Acosta'nın çağrısı onu koşturdu ve o ve Stevens vestiyerden bakanın küçük dairesine girdiler. Ortağı odanın karşısında durmuş, dolabın altını işaret ediyordu; Perkins'in kauçuk seks bebeğinin bulunduğu dolap. Kapının altından durmadan koyu renkli bir sıvı akıyor, beton zeminde perçinler halinde akıyor ve küçük, harap bir kilim içine giriyordu.

Stevens kapıya yaklaştı, mendiliyle kapı kollarından birini tuttu ve yavaşça açtı. İçeride, kauçuk gövdenin yanında, orada bulunan herkesin nefesini kesen bir görüntü olan bir kadının gövdesi vardı.

"Aman Tanrım! Bu Carla Parker!"

Burton daha da yaklaştı, gözleri kadının yüzüne dikildi. Yüzünde bir ıssızlık, hayatından vazgeçme ifadesi vardı ve bu dedektifi ruhunun derinliklerine kadar sarstı. Gözlerindeki bakış... "Clarence. Clarence, iyi misin?"

"E-evet." Profesyonel moduna geri döndü, hala sarsıldı. "İyiyim."

Acosta onun arkasından yaklaştı, sesi alçak ve ürkekti. "Clarice, sana benziyor." Dedektif Burton ilk kez cesede baktı, gerçekten baktı. Carla Parker esmerdi ama saçları sarıydı. Başına peruk takılmıştı. "Ve bak, göğsüne." Carla Parker'ın göğsünün yağlı dokusuna bir polis rozeti yapıştırılmıştı. Rozet numarası 5803, bir antiseptik bant şeridine yazılmış ve yapıştırılmıştı. Stevens ve Acosta uzun bir süre ona baktılar, ikisi de yorum yapmak istemedi.

"Oydu."

"Ne?" diye bağırdı Acosta.

"Oydu. Bizim İngiliz."

"Ne diyorsun? Perkins hakkında kanıtımız varken nasıl o olabilir?"

"Nasıl açıklayacağımı bilmiyorum Stevens. Sadece biliyorum. Bu bana bir mesaj."

"Neden sana?"

"Bara geri dönmüş olmalı. Beni onunla görmüş ve onu ondan uzak tuttuğuma karar vermiş olmalı." Burton gözlerini Carla Parker'ın boş gözlerinden ayıramadı. "Sırada benim için geleceğini söylüyor."

"Peki ya Peder Perkins?"

"O masum."

Acosta onun önüne geçti. "Ne yapıyorsun? Bu bok kafayı sonuna kadar hak ettik!"

"Yapar mıyız?"

Kendisine bakan Stevens'a baktı. "Bu ne ya?"

"Bu, bizim yararımıza ve Perkins'i bulaştırmak için sahnelenen bir kırmızı ringa balığı. Katil Perkins değil." Odadan çıkmak için döndü, kelimeleri omzunun üzerinden attı, "Orada beni bekliyor."

* * *

Makineye iki çeyrek koydu ve gazeteyi kolunun altına aldı. Dairesi sadece birkaç blok ötedeydi ve bu onun günlük rutininin, gerçek dünyayla bağlantısını sürdürme biçiminin gerekli bir parçasıydı. Saatine baktı ve adımlarını hızlandırdı. Neredeyse saat altı. Haber zamanı. Dedektifin mesajını alıp almadığını öğrenmenin zamanı geldi.

Son Dakika Haber yayını 5:59'da başladı ve koltuğuna oturdu, kucağında gazete ve elinde bir bira. "İyi akşamlar. Aşağı Doğu Yakası'ndaki St. Peter'dan son dakika haberleri ile başlıyoruz. Rahip Henry Perkins, Tamara Williams, Julieta Friars ve son kurban, 38 yaşındaki resepsiyonist Carla Parker'ı öldürmekten tutuklandı.

Bayan Parker daha önce Sin City Bar'da bir kavgaya karışmıştı, ancak yaralanmadan kaçmayı başardı. Polis gittikten sonra, Bayan Parker polis tarafından ulaşım teklif edilmesine rağmen kendi başına ayrıldı ve Kanal Caddesi'nde saldırıya uğradı ve öldürüldü."

Her kelimeyi tartarak ve o kaltağı, Dedektif Burton'ı bir anlığına görerek, yayıncıyı dikkatle dinledi. Onunla yüzleşecek kadar cesur olup olmayacağını merak etti. En sonunda. Ne bekliyordu. Ekrana koca memeli kaltak polis geldi.

"Bize bu soruşturma hakkında daha fazla bilgi verebilir misiniz?"

Kadının gözleri, kadın muhabirin yüzünden ayrılarak kamera merceğine döndü. "Soruşturma bitmedi. İlgili bir kişiyi tutukladık ama ben şahsen o kişinin fail olduğuna inanmıyorum. Onun hâlâ dışarıda bir yerde, tekrar saldırmayı beklediğine inanıyorum."

Burton, hemen arkasında duran Stevens'ın öfkeli fısıltılarını görmezden gelerek kameraya baktı. "Mesajını aldım. Seni bekliyorum."

Muhabir yayın bölümünü bitirmek için ondan uzaklaştı ve Stevens onu omuzlarından tutup kendi etrafında döndürdü. "Ne yapıyorsun lan?"

"Katilini bulmaya çalışıyorum John. Oyununu oynama zamanı."

BÖLÜM X

Clarice Burton aynanın önünde durup yansımasını dikkatlice kontrol etti. Yıllarca kadınlığını üniformasının altında, o kadınlık adına kendisini kurban edecek herkesle özdeşleştiren bir rozetin arkasına sakladı. Ve bu iyiydi. Departmanın çevrelerinde dolaştı, ekip odasına girdiğinde onu takip eden fısıltılardan habersiz görünüyordu ama ne kadar uğraşırsa uğraşsın her zaman kızıl saçlı, kocaman memeli bir kız olarak görüleceğinin acı içinde farkındaydı.

Dedektifliğe adım atmak bir saplantıydı. Adamlar dışarıda eğlenirken ya da poker oynarken ve sıkı çalışmanın karşılığını aldığında kıçını yırttı, okudu ve çalıştı. Dedektiflerin kalıntılarına çıkarak ofisin kalıntılarını bırakması gerekiyordu. Kanıtları bulma konusundaki doğuştan gelen yeteneği, başını ve omuzlarını kalabalığın üzerinde tuttu ve çok geçmeden olağanüstü yetenekleriyle öne çıkmaya başladı. Artık kendi yolunu kontrol edebiliyordu ve partneri olarak Acosta ile bağlantı kurduğu için şanslıydı. Hâlâ dedektifliğe kadın akınından nefret eden halktan biriydi ama çenesini kapalı tuttu ve işini yaptı.

Kendini tanıyamadı. Aynanın karşısında duran bu kişi... bu, onun yıllar önce olduğu kişiydi. Angie'nin annesi. Kadın olmaktan zevk alan bir kadın. Dokunulmaktan ve öpülmekten zevk alan bir kadın. Bir erkeğin vücudunun yanında, pamuklu çarşafların fısıltısında tek vücut haline gelen bir kadın. Elbisenin içinde kendi kıvrımlı vücudunu görmek bile başka birinin dokunuşunun samimiyetini bir anda özlemesine neden oldu ve kendini gerçekten bunu neden yaptığını sorgularken buldu. Katili yakalamak mı yoksa seksi deneyimlemek mi istedi?

Koridor saati gece yarısı çaldı ve tahtanın önünde donup kalmış, kalbi kulaklarında gümbürdüyordu. Gözleri yüzlerin üzerinde gezindi ve onlara gerektiği gibi saygı göstermek için birkaç saniye durakladı. Bunu onlar için, hayatlarını İngiliz gibi insanlara kaptıran o zavallı ruhların her biri için yapıyordu. Onu yakalarken, onlara ve belki de kendisine bir nebze huzur vermiş olacaktı. Gitme zamanıydı. Bana güç ver.

Rozetinin ve silahının çantasında olup olmadığını kontrol ederek kapıyı kilitledi ve eve getirdiği markasız arabaya girdi. Hıçkırıkları hemen yükseldi ama silahını çantasından çıkaracak zamanı yoktu. Sakince, toparlanarak anahtarı kontağa soktu ve "Merhaba Jack," dedi.

"Merhaba, Dedektif Burton." Arka koltuğa oturdu, silahın namlusunu başının arkasına bastırdı ve gölgede kalmaya özen gösterdi. "Bu akşam çok güzel görünüyorsun."

Dikiz aynasında gözleri onunkilerle birleşti. "Senin için böyle giyindim."

"Gerçekten mi?" Boğuk sesi onun içini titretti. "Benimle oynamak istediğini mi söylüyorsun?"

"Evet, Jack. Seninle oynamak istiyorum."

O kadar yaklaştı ki, sıcak nefesini boynunda hissedebiliyordu. "Bunun ne anlama geldiğini biliyor musun?"

Clarice midesinin derinliklerinde bir titreme hissetti ve bunu durdurmak için hiçbir şey yapamadı. Ne demek istediğini çok iyi biliyordu ve bu oyunu kazanamazsa, sonuç onun ölümü olacaktı. "Evet," dedi yumuşak bir sesle. "Bunun ne anlama geldiğini biliyorum."

"Şimdiye kadarki en iyi başyapıtım olabilirsin Clarice. Ölümle yüzleşecek kadar cesur bir kadın."

"Beni öldürmeyeceksin Jack."

"Yapmayacağım?"

"Beni becermeyi tercih edersin."

Elini aniden boğazına bastırdı ve ciğerlerindeki havayı boşalttı. "İkisini de yapabilirim dedektif. Beni kışkırtma. Eğer yaparsan bu deneyimi heyecan verici bulmayabilirsin."

Cevap vermek istedi ama yapacak nefesi yoktu. Bunun yerine, başını salladı ve eli göründüğü kadar çabuk ayrıldı ve nefesi kesildi. "Özür dilerim Jack. Seni kızdırmak istemedim. Sadece senin zevkine tamamen ve tamamen kendimi sunduğumu bilmeni sağlıyordum."

"Teklif etmene gerek yok. İstediğimi alırım."

Zihni hızlı çalışmaya çalıştı. Şimdi kızmıştı, bu onun istemediği bir şeydi. "Üzgünüm Jack."

Geri oturdu. "Bir kadını böyle severim. Uysal. Yerinizi biliyor musunuz, Dedektif Burton?"

"Evet." Tereddüt etmeden cevap verdi. "Benim yerim senin altın."

Karanlıkta gülümsedi, horozu tepkisine sertleşti. Bu kesinlikle hayatının en iyi gecesi olacaktı. "Çok haklısın dedektif. Şimdi arabayı çalıştır da sana nereye gideceğini söyleyeyim."

Elleri titreyen Dedektif Clarice Burton arabayı çalıştırdı, sürücüye bıraktı ve eve canlı dönüp dönmeyeceğini bilmeden karanlığa yöneldi.

BÖLÜM XI

Bunu nasıl yaptığını bilmiyordu ama bir şekilde adamın verdiği talimatları izleyerek arabayı yönlendirmeyi başardı. Birkaç kez, polis arabaları geçtiğinde, onlara işaret vermeyi düşündü ve Acosta ve Stevens'ın, o gelmediği halde onu bulmak için evine dönüp gitmediklerini merak etti. Umarım, şu anda onu arıyorlardı ama onu bulacaklarından umutlu değildi. Jack'in ona verdiği talimatlar onları şehrin dışına, dedektiflerin araştıracağı kapsama alanının dışına çıkardı ve bir şekilde Jack'in bunun farkında olduğunu biliyordu. Sonunda onu bir araba yoluna yönlendirdi ve arabayı park etmesini emretti.

"Biz geldik kıymetlim." O motoru durdururken, onun çakıllı sesi kulağına doğru nefes aldı. "Neden daha sıcak bir yere girmiyoruz?"

"Peki." Kapının koluna uzandı ama omzundaki eli onu durdurdu.

"Bekle. Önce göz bağı. Gözlerini kapat."

İstediğini yaptı, arka arabanın kapısının açıldığını duyunca daha çok titredi. Arabadaki vardiya, onu arka koltuktan ayrıldığı ve kapıyı açarken serin havanın onu süpürdüğü gerçeği konusunda uyardı. Yüzüne vizörlü yumuşak bir kumaş parçası yerleştirildi ve gözlerini açtığında hiçbir şey göremedi. Onun eli onunkini kapladı ve onun pürüzlü tenini hissedince titredi.

"Hazır mısınız dedektif?"

Burton onun sesine güvenmiyordu, o kadar korkmuştu ki sadece başını salladı ve kontrolünü tamamen bıraktı. Uyuşmuştu; elinin kendisine dokunduğu yer dışında hiçbir şey hissedemiyordu ve her adım vücudunda şoklar göndererek onu sürekli gerçekliğe sarsıyordu. Ön kapıdan girdikten sonra patikada bir yükseliş, ardından basamaklar, ardından uzun bir koridor hissetti. İleriye doğru hareketleri yavaşladı ve bir şeyin etrafında manevra yaptığını hissetti, sonra yavaşça geriye doğru itildi. Zıpladığında, bir yatakta oturduğunu biliyordu ve kalbi boğazında atıyordu.

"Evime hoş geldiniz dedektif."

"Teşekkürler. Göz bağını çıkarabilir miyim?"

"Hayır. Ben bu gecenin nasıl biteceğine karar verene kadar onlara devam etmeni istiyorum."

"Yeterince adil."

Burton, korkusunu uzak tutmaya yardımcı olacağını umarak derin bir nefes almaya çalıştı ama onun taşlaşmış olduğunu anlayabileceğini biliyordu. "Düşündüğümden farklısın." Elleriyle omuzlarını düzelterek başladı. "Sert bir kadın bekliyordum ama sen zordan başka bir şey değilsin."

"Neden zor olacağımı düşündün?" Sesindeki titremeden nefret ediyordu ama elbisenin ince kumaşından elinin sıcaklığı onu ele geçiriyordu.

Ve bunu biliyordu. "Cinayet masası dedektifi olmak için zor olmalısın." Elleri onun kollarında gezinirken tüyleri diken diken oldu. "En son ne zaman bir erkek sana böyle dokundu?" Cevap vermeyince, kulağına eğilerek devam etti. "En son ne zaman bir erkek sana muhteşem olduğunu söyledi?" Parmakları aşağı indi, göğüs uçlarını fırçalayarak nefesinin kesilmesine neden oldu. "En son ne zaman bir adam sana iyi, sert bir sikiş verdi?"

Clarice konuşamadı. En son ne zaman iyi, sert bir seks yaptı? Unut gitsin, en son ne zaman öpülmüştü? Cevap verememesi, açıklayıcı bir işaretti. "Uzun zaman." Yumuşak bir şekilde cevap verdi.

"Senin gibi güzel bir kadın mı?" Yaklaştı. "Eminim dışarıda seni isteyen yüzlerce erkek vardır, peki neden yalnızsın?"

"Ben polis memuruyum. Vaktim yok..."

"İlişkiler için mi?" O güldü. "Bunu daha önce duymuştum. Güzel kadınların bana hiç vakti olmadı, özellikle de o fahişeler." Elleri göğüslerini okşadı, avuçladı ve meme uçlarını kumaşın içinde dolaştırdı. "Elbiseni çıkar."

Bir şeyler söylemeye başladı ama fikrini değiştirdi. Yavaşça ayağa kalktı, elbisenin yularını çıkardı ve göğüslerinden düşmesine izin verdi. Elbisenin geri kalanını aşağı itmek üzereyken, dudakları meme uçlarına saldırıp, acı veren noktalara gelene kadar onları yalayıp emdi. Clarice nefes nefese kaldı, ona verdiği her yalamayı ve emmeyi seviyordu. Büyülenmek o kadar iyi hissettirdi ki, tehlikeyi unuttu ve sadece vücudundaki sıcak ellerini düşündü.

"Seni becermek istiyorum dedektif. Benim oyunumu oynamaya hazır mısın?"

Vücudu onun dikkatinden titreyerek elbisesini sonuna kadar aşağı itti, omuzlarını dışarı çıkardı. "Evet Jack. Hadi oynayalım.

BÖLÜM XII

Burton hâlâ korkuyordu. Sadece hevesli bir kölenin yapabileceği gibi, onun emrini bekleyerek çıplak ve gözleri bağlıydı. Her siniri bitmişti. Her saç ayaktaydı. Her zerresi titriyordu, her zerresi onun sözünü bekliyordu.

"Ben sert oynuyorum dedektif. Bunu kaldırabilir misin?"

"Düşündüğünden çok daha fazlasını kaldırabilirim Jack."

"Yok canım?" İnce bir şakacı inançsızlık tonu sözlerini renklendirdi ve içini yılan gibi saran korkunun titremesine karşı dişlerini gıcırdattı. Bilerek boynuna doğru nefes aldı, ısı titremesine neden oldu. "Güzel vücuduna yapacak bir sürü şey düşünebilirim."

"Bahse girerim yapabilirsin." Yumuşak bir şekilde söyledi. "Ama neden sana hizmet etmeme izin vermiyorsun?"

"Neden? Bu bir fahişe işi." Sesi saniyeler içinde şakacıdan kızgına döndü, bu onu korkutan bir şeydi. "Sana o fahişeler gibi davranayım mı?"

"Numara." Burton hızlıca söyledi. "Üzgünüm Jack." Dizlerinin üzerine çöktü, çenesini göğsüne indirdi. "Lütfen özrümü kabul et."

"Özürünü kabul ediyorum." Sırtında onun çizmesini hissetti, onu göğsüne bastırdı. "Ama bir daha olursa seni öldürürüm. Anlıyor musun?"

"Evet, Jack."

"Güzel. Benden daha iyi düşünebileceklerini sanan kadınlardan nefret ediyorum. Bu yapılamaz."

"Evet, Jack."

"Botumu yala." Clarice, ayağının onun yüzünün altında olduğunu bilerek eğildi ve yoldan gelen toprak ve tuzun tadına bakarak dilini çıkardı. Tadı berbattı ama belli etmemeye çalıştı çünkü onun baktığından emindi. "İyi. Şimdi ayağa kalk."

Yavaşça ayağa kalktı, vücudu hala titriyordu. Elleri onun vücuduna dolanıp ağır göğüslerini hedeflerken bile, dokunuşunun yumuşaklığının bir yalan olduğunu biliyordu. Keyifli okşama, bir acı ilahisine dönüştü, onun çığlıkları Patrick'i ürküttü. Parmakları onun hassas göğüs etini o kadar sert sıktı ki, hemen hemen moraracağını anladı. Onunla savaşma dürtüsüyle savaştı; istediğinin bu olduğunu biliyordu. O zaman işkence daha da kötüleşecekti. Parmakları yeni hedefler buldu ve Burton meme uçlarının bükülmesinin acısından neredeyse bayılacaktı.

Bir anda durdu, sıcak nefesinin boynundan akmasına izin verdi. "Oldukça sertsin dedektif." Ağlamamak için çok uğraştığı için konuşmuyordu ama yine de onun bildiğini biliyordu. Elini tuttu ve onu uzun bir koridordan geçirdi, sonra bir dizi basamağı inmesine yardım etti. "Bunu nasıl beğendiğini görelim."

Kaygan deri bandı bileğinde hissettiği an, başının belada olduğunu anladı. Dövüşmeye çalıştı ama adam çok daha güçlüydü, onu çerçeveye girmeye zorladı, önce bir bileğini, sonra diğerini tuttu. Onu tekmelemeye çalıştı ama bacağını yakaladı ve kolayca deri bir kelepçeye sıkıştırdı, diğer ayak bileğini de birine uydurdu. Şimdi tamamen onun insafına kalmıştı.

"Sen çok iyi bir kızdın dedektif. Cezalandırılmak zorunda olman çok yazık."

"Numara!" Burton kollarını kıvırdı, deriden bir şeyler bulmaya çalıştı ama bulamadı. Çerçeve hareket etti ve döndü, onu ters çevirdi, böylece öne doğru sarktı ve arkasındaki küstahlık en büyük korkularını besledi.

"Evet!"

Kırbaç sırtının ortasından yakaladı ve vücudunda hızla yayılan dilimleme ağrısına karşı nefesi kesildi. Kırbaç tekrar tekrar indi, her seferinde çığlık atmasına neden oldu ama bir inilti olarak çıktı. On kırbaç sonra, ağlayan bir et yığınıydı, ellerini sallıyordu ve hâlâ kurtulmaya çalışıyordu.

"Bırak beni, seni bok parçası!"

"Ah, sorun ne dedektif? Oynamak istediniz ve şimdi kuralları sevmiyor musunuz?" Çerçeve bir kez daha eğildi, onu birkaç santim aşağı indirdi ve sırada ne olduğunu biliyordu. "Pekala, neden partiyi başlatmıyoruz?" Parmaklarını kuru kedisinde hissetti. "Hazır olun dedektif. Sizi parçalamak üzereyim."

Burton onun baskısını hissetti ve onun sözsüz çığlığını duydu. Elleri vücudunu terk etti ve kafesini de yanına alarak amının içinden çıkardı. Hâlâ gözleri bağlıyken, sahnenin nasıl olacağını sadece hayal edebiliyordu: horozunun başındaki iki delikten köpüren kan bacaklarından aşağı kırmızı akıyordu, gümüş bir kafese bağlı ikiz gümüş direkler tarafından etine açılmış iki delik. bu onu kedi içine sığdırdı. Tabanındaki dikenler, onu çıkarmaya çalışırsa bolca kanamasını sağlardı.

"Seni kaltak!" Arkasından bir yerlerden bağırdı. "Bana ne sikim yaptın?" Kollarını ve bacaklarını çekti ve hala kurtuluş bulamadı. "Seni orospu! Sen..." Ani sessizliği sadece bir sızlanma bozdu ve kafesin yere çarptığını duydu, hemen ardından da yanına çöken vücudunun sesini duydu.

Dedektif Clarice Burton çerçeveden sarkıyordu, korkudan değil, rahatlamadan hıçkıra hıçkıra ağlıyordu. Bitmişti. Şimdi, sadece işaretçinin yardım getirmesini beklemek zorundaydı. Acosta ve Stevens yakında içeri gireceklerdi. Sadece çıplak bulunmanın ofis şakalarına katlanmak zorunda kalacaktı. Artık her şey bitmişti.

BÖLÜM XII

"Clarice! Clarice!"

Stevens'ın sesini duydu ama hareket edemeyecek kadar uyuşmuştu. Kolları kurşun gibiydi ve kafasında biriken kan yüzünden sersemlemişti. Deri kemerler birer birer düştü ve ayağa kalkmasına yardım edildi, ancak ayakta duramayacağını anladı. Güçlü kollar onu uzandığı ve bir şeyle kaplı olduğu bir yere taşıdı. Birkaç dakika sonra, göz bağı kaldırıldı, vantuzları ter ve gözyaşlarının karışımıyla dolmuştu.

Güçlü ışığa karşı gözlerini kırpıştırdı, bir flaş ampulüne bakmış ve bir anlığına kör olmuş biri gibi tepki verdi. Biri soğuk bir bezi gözlerine silip tozları temizledi ve gözlerini ovmak için elini kaldırdı, hâlâ öfkeyle gözlerini kırpıştırıyordu. Birkaç dakika sonra görüşü yeterince netleşti ve John'un yüzü netleşti, ifadesi paha biçilemezdi.

"John, bu gördüğüm korku mu?"

"İyi misin?"

"Evet, iyiyim. Acosta nerede?"

Stevens yutkundu, gözleri yerdeki bir noktaya kaydı. "Orada."

Cesedi görene kadar kelimeler yutmadı, sonra inanamamak zihnini bulandırdı. Ortağı, en yakın meslektaşı yerde yatıyordu, altına battaniye gibi yayılmış bir kan gölü. Kafes elinden birkaç santim ötedeydi, dikenli sivri uçları jelatinimsi etle doluydu. "Tony?"

Dedektif Stevens, ellerini Burton'ın omzuna koydu, odaya daha fazla memur akın ederken sesi alçaktı. "Acosta'ydı, Clarence. O Jack'ti."

"O olamazdı. Nasıl..."

"Bugün erken saatlerde bir Dr. Jonathan Herbert beni aradı. Acosta'yı son on yıldır tedavi ettiğini ve Jack'in kendini gösteren kişiliklerinden biri olduğunu söyledi."

"Neden daha önce bizimle iletişime geçmedi?"

"Görünüşe göre Baltimore'da bir kongredeydi. Bu sabaha kadar geri dönmedi ve okumaya devam etti. İşte o zaman Acosta olduğunu keşfetti."

Burton'ın içinde durduramadığı derin bir titreme başladı ve Stevens'ın kollarında gözyaşlarına boğuldu. Ölüme yaklaşmıştı. Onu en çok korkutan şey bu değildi. Bunca zaman boyunca Acosta ona bu kadar yakın olmuştu.

"Beni buradan çıkar John. Lütfen. Beni eve götür."

* * *

Sonraki birkaç gün, Burton'ın kaldırabileceğinden daha fazla etkinlikle doluydu. Her medya kuruluşu, 'Karındeşen Jack' katilini yakalayan sert dedektifle konuşmak istedi, ancak bununla hiçbir ilgisi yoktu. Evine çekildi, mantar pano resimlerinin önünde vakit geçirdi ve kontrolsüz bir şekilde ağladı. Onları neredeyse başarısızlığa uğratmıştı. Bu katili ararken işine o kadar dalmıştı ki yaşamayı unuttu. Angie'nin annesinin uygarlıkla bağlantısını kesmesini isteyeceği şey bu muydu?

Cinayetten dört gün sonra, komiserin ofisine tam bir brifing vermesi emredildi ve bu deneyimden bitkin bir şekilde çıktı. Polis şefi, ona düşüncelerini toplamak için birkaç gün tatil yapmasını tavsiye etti ve o, brifingden dolayı protesto edemeyecek kadar duygusal olarak kabul etti. Dedektifin ofisinin önünden geçerken durup içeriye baktı ve parçası olmayı çok istediği şeyi gördü. Stevens, Andreotti ve diğer birkaç adam bir masanın etrafında toplanmış, şakalaşıp gülüyorlardı.

Kendini durduramadı. Kapıyı iterek açtı, açık alana adım attı ve tüm gözler ona çevrildi. Burton yutkundu ve kendi kendine mesaj var mı diye telefonunu kontrol edip aynı şekilde sessizce ayrılacağını söyledi. İyileşen kamçı yaralarından hafifçe topallayarak ve sessiz gücünü sessizce gözlemleyerek yanından geçerken herkes onu izledi. İlk alkış onu dondurdu ve döndüğünde Stevens'ın onu alkışladığını gördü. Andreotti ve diğerleri, dakikalar içinde katıldılar, her dedektif ayağa kalktı ve Dedektif Clarice Burton'ın cesaretini alkışladı.

Masasına gitti ve mesajlarını kontrol etti, bilgileri karalarken öfkeyle gözyaşlarını sildi. Telefonu kapatırken köşede küçük bir paket fark etti ve paketi yavaşça açtı. İçinde gümüş vajina kafesi vardı, dişleri sağlamdı, ancak Karındeşen Jack'in bir oyuncak modelini delmeleri dışında. Alt tarafa iliştirilmiş küçük bir not: Ormana Hoş Geldiniz. Garip bir nedenden dolayı, kelimeler gözlerini yaşarttı ve meslektaşlarının ne dediğini anladı. O her zaman onlardan biriydi ve takım için onların olmadığı bir şekilde özeldi. Erkeklikleri ona aşklarını itiraf etmelerine izin veremiyordu ama sevildiğini bilmesine izin veriyorlardı.

Dedektif Burton burnunu sildi, masasını düzeltti ve dışarı çıktı, dedektif odasının normale döndüğünü, insanların aramaları cevapladığını, evrakları doldurduğunu ve davalar hakkında konuştuğunu fark edince rahatladı. Adamların olduğu masanın yanında durdu. "Bana öğle yemeği borçlusun."

"Ne?" dedi Andreotti, dedektif arkadaşlarına bakarak.

"Tatbikatı biliyorum. Bir vakayı çöz, ekip sana öğle yemeği ısmarlıyor, değil mi?"

Stevens güldü. "Evet bu doğru."

"İyi. Her birinizin bana öğle yemeği borcunuz var."

Burton, yüzünde bir gülümseme ve kalbinde bir ateşle odadan çıktı. Yaşayacağım, Angie. yaşayacağım.

SON

65